阿茂的奇遇

與台灣獼猴友情的歷險之旅

圖・文／李育任

集夢坊

阿ㄚ茂是ㄕ一ㄧ個ㄍㄜ聰ㄘㄨㄥ明ㄇㄧㄥ又ㄧㄡ
頑ㄨㄢ皮ㄆㄧ的ㄉㄜ小ㄒㄧㄠ男ㄋㄢ孩ㄏㄞ，
對ㄉㄨㄟ任ㄖㄣ何ㄏㄜ新ㄒㄧㄣ奇ㄑㄧ的ㄉㄜ事ㄕ物ㄨ，
都ㄉㄡ充ㄔㄨㄥ滿ㄇㄢ好ㄏㄠ奇ㄑㄧ心ㄒㄧㄣ。

某天放學途中，阿茂看到路邊開著許多黃色的花朵，其中有一朵散發著炫麗迷人的色彩，
特別吸引阿茂的目光，阿茂好喜歡它，想要把那朵出色的花摘下來占為己有，但是花叢下側躺著一隻正在睡覺的小狗，擋住了阿茂的路。
阿茂心想：「這隻笨狗睡在那裡，正好擋到我的去路，好阿，看我整整你！」

於是阿茂一腳踢開睡夢中的小狗， 受到
驚嚇的小狗連忙滾到一旁， 驚魂未定的身軀，
流露哀怨的眼神， 彷彿對眼前這個人類表達無聲
的抗議！

阿茂只是淡淡地看了小狗一眼，
就走到花叢前摘下那朵美麗的花，
完全不在意自己剛剛惡劣的行為。

阿ˇ茂ㄇ開ㄎ心ㄒ地ㄉ聞ㄨ了ㄌ聞ㄨ花ㄏㄨ兒ㄦ的ㄉ香ㄒ味ㄨ， 忽ㄏ然ㄖ， 他ㄊ感ㄍ到ㄉ一ㄧ陣ㄓ暈ㄩ眩ㄒ， 背ㄅ上ㄕ的ㄉ書ㄕ包ㄅ也ㄧ變ㄅ得ㄉ越ㄩ來ㄌ越ㄩ沉ㄔ重ㄓ，
似ㄙ乎ㄏ有ㄧ點ㄉ不ㄅ太ㄊ對ㄉ勁ㄐ。
他ㄊ急ㄐ忙ㄇ往ㄨ路ㄌ旁ㄆ的ㄉ鏡ㄐ子ㄗ一ㄧ看ㄎ， 不ㄅ得ㄉ了ㄌ了ㄌ！ 自ㄗ己ㄐ居ㄐ然ㄖ變ㄅ成ㄔ一ㄧ隻ㄓ穿ㄔㄨㄢ著ㄓ衣ㄧ服ㄈㄨ的ㄉ台ㄊ灣ㄨ獼ㄇ猴ㄏ！ 嚇ㄒ得ㄉ阿ˇ茂ㄇ丟ㄉ下ㄒ書ㄕ包ㄅ與ㄩ花ㄏㄨ， 一ㄧ路ㄌ狂ㄎ奔ㄅ。

不知跑了多遠，失魂落魄的阿茂走在山邊的馬路中間。「叭！叭！叭！」一輛轎車以飛快的速度朝著阿茂疾駛而來，嚇得他不知所措，心想「完了！」

就在千鈞一髮之際，阿茂感覺自己浮了起來，原來是另外一隻台灣獼猴滿奇救了他。

滿奇對阿茂說：「知道剛才有多危險嗎？你差點就被鐵皮怪獸撞了！」
滿奇好奇地問這個穿著衣服的同類：「咦？你為什麼穿著奇怪的東西在身上阿？」
莫名奇妙變成了猴子的阿茂，憂愁地告訴滿奇自己的遭遇。

聽完阿茂的遭遇後，滿奇半信半疑地說：「我想要到山頂，那兒有一大片的香蕉園和吃不完的香蕉，守護我們的山神就在那裡。

長輩說只要誠心地向無所不能的山神祈求，就會得到回應，或許有辦法讓你回復原狀。」阿茂心中燃起一絲希望，滿奇又說：「但是……」

阿茂緊張地問：「但是什麼？快告訴我！」

滿奇說：「在半山腰的森林裡有一種會獵殺我們的怪獸，唯有通過那裡才能到達山頂，阿茂，你願意陪我上去嗎？」阿茂一心只想趕快變回人類，於是答應了滿奇。

不知邊過了幾棵樹，走了多少路，阿茂開始覺得累了，就在這時，他聽到森林裡傳來了腳步聲，原來是一個人類！

阿茂興奮地對著那個人叫：「大叔！大叔！可以告訴我這裡離山頂還有多遠嗎？」

阿ㄚ茂ㄇㄠˋ的ㄉㄜ˙聲ㄕㄥ音ㄧㄣ在ㄗㄞˋ那ㄋㄚˋ個ㄍㄜˋ人ㄖㄣˊ類ㄌㄟˋ聽ㄊㄧㄥ起ㄑㄧˇ來ㄌㄞˊ只ㄓˇ是ㄕˋ
「吱ㄓ吱ㄓ，吱ㄓ吱ㄓ」的ㄉㄜ˙猴ㄏㄡˊ子ㄗˇ叫ㄐㄧㄠˋ聲ㄕㄥ，於ㄩˊ是ㄕˋ
獵ㄌㄧㄝˋ人ㄖㄣˊ警ㄐㄧㄥˇ覺ㄐㄩㄝˊ地ㄉㄧˋ舉ㄐㄩˇ起ㄑㄧˇ手ㄕㄡˇ上ㄕㄤˋ的ㄉㄜ˙獵ㄌㄧㄝˋ
槍ㄑㄧㄤ，四ㄙˋ處ㄔㄨˋ搜ㄙㄡ尋ㄒㄩㄣˊ獵ㄌㄧㄝˋ物ㄨˋ。
滿ㄇㄢˇ奇ㄑㄧˊ連ㄌㄧㄢˊ忙ㄇㄤˊ阻ㄗㄨˇ止ㄓˇ
阿ㄚ茂ㄇㄠˋ繼ㄐㄧˋ
續ㄒㄩˋ發ㄈㄚ出ㄔㄨ
聲ㄕㄥ音ㄧㄣ。

並且輕聲地說：「你瘋了阿！這種兩隻腳的怪獸會獵殺我們！」這下子阿茂才恍然大悟，原來會獵殺動物的怪獸指的就是人類！

經過一番折騰，滿奇與阿茂終於逃出了森林，繼續往山頂前進。

「阿茂，你知道嗎？」滿奇憂傷地說：「人類污染了河川，製造髒空氣，破壞山林，威脅我們的生存空間。」變成台灣獼猴的阿茂更能體會，聽了滿心慚愧。

繼續走沒多久，牠們終於到達香蕉園，滿奇對阿茂說：「阿茂！快看阿！好多香蕉樹，沒騙你吧！台灣曾經是『香蕉王國』，賣出很多香蕉給外國呢！」看到樹上掛著一串串數不清的香蕉，滿奇樂壞了，一股腦兒往香蕉樹下跳來跳去。

還在香蕉園外面的阿茂也替滿奇高興，正準備跟上前去時，忽然聽到一聲槍響！阿茂嚇得躲到樹上，糟了！滿奇被埋伏的獵人攻擊了，原來獵人並沒有放棄跟蹤牠們，這突如其來的襲擊讓滿奇失去了意識，倒在地上昏迷不醒……

看著獵人一步步接近滿奇，阿茂緊張害怕，但是他心想：「滿奇救了我好幾次，我不能見死不救啊！」

於是阿茂爬上岩壁朝獵人丟石頭，被石頭砸中的獵人，狼狽地落荒而逃。

確定獵人離開之後，阿茂抱著滿奇大哭：「滿奇！你要振作一點阿！」

阿茂傷心地對著天空大叫：「救救滿奇阿！」

神奇的事情發生了！香蕉園後方的石壁上，閃耀出強烈的光芒，接著顯現一位有著狗頭的山神，山神告訴阿茂：「我是這座山的守護神，你之前踢的那隻小狗就是我的分身，是我將你變成台灣獼猴，讓你體驗動物們的感受！現在是讓你恢復原狀的時候了。」山神說完便慢慢地消失。

這時滿奇從昏迷中清醒過來，看到滿奇平安無事，阿茂好開心！滿奇發出了「吱吱吱」的叫聲，好像要說什麼似的。

阿茂小心翼翼地把滿奇抱在懷裡，靜靜地聽著，但是變回人類的阿茂卻再也聽不懂滿奇想表達什麼了。

雖然沒辦法再與阿茂溝通，但是滿奇的手仍然緊緊地握住阿茂的手臂，就像當初幫助阿茂時一樣有力，讓阿茂的心中感到無限溫暖。眼睛因為泛著淚光，所以看著滿奇的影像漸漸模糊了。

等到視線清楚後，阿茂意識到自己竟坐在家裡的椅子上，而那朵有著奇妙色彩的花，已經變成一朵普通的黃色花朵。

阿茂心想：「自從聞了這朵花的香味之後，整個下午都迷迷糊糊的，好像經歷了一段特別的體驗，只是幻覺嗎？又感覺好真實喔！」

阿丫茂ㄇ走ㄗㄡ出ㄔㄨ家ㄐㄧㄚ門ㄇㄣ， 看ㄎㄢ到ㄉㄠ那ㄋㄚ隻ㄓ小ㄒㄧㄠ狗ㄍㄡ正ㄓㄥ在ㄗㄞ巷ㄒㄧㄤ口ㄎㄡ的ㄉㄜ馬ㄇㄚ路ㄌㄨ上ㄕㄤ曬ㄕㄞ太ㄊㄞ陽ㄧㄤ， 阿丫茂ㄇ微ㄨㄟ笑ㄒㄧㄠ地ㄉㄜ走ㄗㄡ上ㄕㄤ前ㄑㄧㄢ去ㄑㄩ， 蹲ㄉㄨㄣ在ㄗㄞ小ㄒㄧㄠ狗ㄍㄡ的ㄉㄜ身ㄕㄣ邊ㄅㄧㄢ， 摸ㄇㄛ了ㄌㄜ摸ㄇㄛ牠ㄊㄚ的ㄉㄜ頭ㄊㄡ， 並ㄅㄧㄥ在ㄗㄞ心ㄒㄧㄣ底ㄉㄧ許ㄒㄩ下ㄒㄧㄚ愛ㄞ護ㄏㄨ小ㄒㄧㄠ動ㄉㄨㄥ物ㄨ的ㄉㄜ決ㄐㄩㄝ心ㄒㄧㄣ。

台灣獼猴：

　　台灣獼猴目前生活於平地至3000公尺左右的地區，在台灣是除了人類之外，唯一的靈長類動物。冰河時期牠們從中國大陸來，後來冰河溶化後無法回去，就在台灣演化成現今的品種。

　　台灣獼猴在白天活動覓食，以植物的果實、香蕉、嫩葉為主，也捕食昆蟲、蝸牛等等，屬於雜食性的動物，夜晚則回到樹林或岩洞夜宿。

香蕉王國：

　　高雄市的旗山鎮，以前有「香蕉王國」的美名，大約民國五十年至六十年代，是生產香蕉的全盛時期，以外銷日本為主。

　　那個時期從南台灣的旗山到北部的新竹都可以看到香蕉園，後來由於一連串的弊案，再加上菲律賓香蕉企業化的經營，成功外銷日本，導致台灣香蕉在日本的銷售量減少，漸漸地沒落了。

作者介紹

李育任

畢業於朝陽科技大學視覺傳達設計系，台灣師大設計研究所。居住在高雄市，對自己成長的土地有感情，想要把自己心中的台灣之美，透過各種方式表現出來，讓全世界看到並且更認識台灣。

曾獲「2005彩繪海巡新世紀」海報比賽社會組第一名，97年度中華民國斐陶斐榮譽學會會員，《阿茂的奇遇》一書入圍第23屆信誼幼兒文學獎。

個人網站：http://www.wretch.cc/album/michael5542

各位大朋友、小朋友，你們好：

　　我是阿茂，因為我捉弄小動物，而被山神變成了一隻台灣獼猴。

　　現在回想起來，除了記取一些教訓之外，過程其實很有趣。我認識了另外一隻台灣獼猴「滿奇」，展開了一段體驗之旅，與滿奇相處的這段時光，我學習到朋友之間應該要互相幫忙、克服困難，從動物的角度看這個世界，體驗到這個世界不是只屬於人類所有，應該要珍惜資源，讓所有生物共享。

　　故事中出現的：台灣獼猴、街景、山林、香蕉樹、古厝、……，小朋友們有沒有覺得很眼熟呢？或許就出現在你們家附近喔！

　　　　阿茂

給家長的話

　　透過這個故事，希望可以讓小朋友體會平等對待小動物的心態。

　　這些欺負小動物卻覺得沒什麼大不了的小朋友，若是一直存在著這樣的觀念直到長大成人，他們的未來可能會怎樣呢？輕則販售保育類野生動物，重則對地球生態環境濫殺、濫墾，破壞生態平衡，導致大自然無情反撲，危害我們的後代子孫。史懷哲醫生(Albert Schweitzer)曾說過：「倫理不僅與人，而且也與動物有關。動物和我們一樣渴求幸福和畏懼死亡。如果我們只是關心人與人之間的關係，那麼，我們就不會真正變得文明起來，真正重要的是人與所有生命的關係。」

　　如果孩子不懂得尊重其它動物的生命，我們如何期待他長大以後能做出對社會真正有貢獻的事呢？

全球最大的華文自資出版平台
鼎力協助 完成您的作家夢

http://www.book4u.com.tw/mybook

所有關於出版的大小問題，通通交給我們來解決！

望向世界、以全球作為舞台的華文自資出版平台

- 全國最強、最完善之網路文化商品行銷體系，迅速提升書籍曝光度。
- 出版流程專業建議，解決書籍各種疑難雜症。
- 全球華人圈發行最廣，市場涵蓋全球漢語（中文）使用者。
- 成本優惠、品質滿意，發揮自資最大效益。
- 全方位出版類別，平台多元好書已逾二千種。

躍身暢銷作家的最佳捷徑

出書夢想的大門已為您開啟，全球最大自
資出版平台為您提供價低質優的全方位整
合型出版服務！

自資專業出版是一項新興的出版模式，作者對於書籍的內
容、發行、行銷、印製等方面都可以照個人的意願進行彈性
調整。您可以將作品自我收藏或發送親朋好友，亦可交由本
出版平台的專業行銷團隊規劃。擁有甚至是發行屬於自己的
書不再遙不可及，華文自資出版平台幫您美夢成真！

阿茂的奇遇～與台灣獼猴友情的歷險之旅

出版者◉華文自資出版平台・集夢坊
作者・繪者◉李育任
印行者◉華文自資出版平台
出版總監◉歐綾纖
副總編輯◉陳雅貞　　　　　美術設計◉吳吉昌
責任編輯◉蔡秋萍

郵撥帳號◉50017206采舍國際有限公司（郵撥購買，請另付一成郵資）
台灣出版中心◉新北市中和區中山路2段366巷10號10樓
電話◉(02)2248-7896　　　　　傳真◉(02)2248-7758
ISBN◉978-986-83913-5-2
出版日期◉2012年7月初版

全球華文國際市場總代理◉采舍國際 www.silkbook.com
地址◉新北市中和區中山路2段366巷10號3樓
電話◉(02)8245-8786　　　　　傳真◉(02)8245-8718

全系列書系永久陳列展示中心
新絲路書店◉新北市中和區中山路2段366巷10號10樓　　　電話◉(02)8245-9896
新絲路網路書店◉www.silkbook.com
華文網網路書店◉www.book4u.com.tw

本書由著作人自資出版，委由全球華文聯合出版平台(www.book4u.com.tw)自資出版印行，並委由采舍國際有限
公司（www.silkbook.com）總經銷

本書採減碳印製流程並使用優質中性紙 (Acid & Alkali Free) 與環保油墨印刷。

華文自資出版平台
www.book4u.com.tw
mybook@mail.book4u.com.tw

全球最大的華文自費出版集團
專業客製化自資出版・發行通路全國最強！